LE ROI LION

Sur toute l'étendue de la vaste Terre des lions, les animaux se déplaçaient en immenses troupeaux pour fêter la naissance du fils du roi Mufasa.

Au sommet du Rocher des lions, Rafiki, le vieux sage, s'approcha du roi Mufasa et de la reine Sarabi. Puis, il porta Simba le lionceau jusqu'au bord du rocher et le tint à bout de bras.

Un seul membre de la famille manquait à la cérémonie : Scar, le frère de Mufasa.

« Dire que, jusqu'à la naissance de cette petite boule de fourrure, c'est moi qui détenais le droit de succession au trône, dit Scar.

— Cette " boule de fourrure " est mon fils, et donc ton futur roi », répliqua Mufasa en déplorant la jalousie de Scar.

Un matin, Mufasa emmena Simba sur le Rocher des lions et lui dit : «Simba. Regarde ! Notre Royaume s'étend à tout ce que touche la lumière. Mais tu ne dois jamais te rendre à l'endroit à l'ombre. C'est au-delà de nos frontières. »

Cependant, Simba ne résista pas à l'envie de prouver son courage à son père. Il courut chercher sa meilleure amie Nala. En galopant et en s'amusant, ils se dirigeaient vers la zone d'ombre lorsque, tout à coup, ils tombèrent sur un énorme crâne.

Alors sortirent trois hyènes au rire démoniaque des orbites du crâne. Les hyènes affamées se mirent à courir après les lionceaux. Puis, l'une d'entre elles s'avança vers Simba, avec ses crocs pointus et brillants. Mais…

… un coup de patte énergique la frappa, l'envoyant, elle et les autres hyènes, sur le tas d'ossements. C'était Mufasa.

« Ne vous avisez plus jamais de vous approcher de mon fils ! » rugit-il.

Les hyènes ne pouvaient se mesurer au Roi Lion, et elles s'enfuirent, piteuses.

Simba, la tête basse, s'approcha de son père déçu et lui dit: « Je voulais simplement être courageux, comme toi, papa. »

Mufasa esquissa un sourire: « Être courageux, ça ne veut pas dire s'exposer inutilement au danger. »

Bien sûr, Mufasa ignorait ce que complotait son frère Scar au même moment avec les hyènes. Le marché était simple : si les hyènes tuaient Mufasa et Simba, elles auraient le droit de vivre sur la Terre des lions.

Le lendemain, Scar entraîna Simba dans une gorge. Il fit signe aux hyènes et elles déclenchèrent la débandade de gnous. Pressentant un danger, le troupeau fut pris de panique et s'élança tout droit vers Simba. Non loin de là, Mufasa remarqua un nuage de poussière qui s'élevait de la gorge.

Sans se soucier de sa sécurité, le Roi Lion sauta dans le ravin et arracha le lionceau à la ruée du troupeau. Il alla ensuite déposer son fils sur le rocher. Mais, brusquement, il sentit la paroi s'effriter sous ses pattes et lâcha prise pour tomber en contrebas, au milieu du troupeau. Lorsque Simba trouva enfin son père, ce fut pour constater qu'il était mort.

Subitement, Scar émergea du nuage de poussière laissé par le troupeau.

« Qu'as-tu fait, petit misérable ? Le roi est mort. Sans toi, il serait encore en vie ! Disparais ! Disparais et ne reviens jamais ! » gronda Scar.

Confus et le cœur brisé, Simba s'enfuit à toutes jambes. Blessé et exténué, il avança péniblement dans le brûlant désert. À un moment, incapable de continuer, Simba s'évanouit et s'effondra.

Quand il se réveilla, un suricate et un phacochère se tenaient près de lui.

« Je m'appelle Timon et voici Pumbaa, dit le suricate en désignant le phacochère. Écoute notre conseil, petit : oublie le passé, et comme ça, pas de souci ! Hakuna matata ! »

Les nouveaux amis de Simba l'invitèrent à partager leur vie. Simba adopta très vite le mode de vie de ses amis : il apprit à manger des insectes, à nager dans la rivière et à jouer toute la journée.

Un jour, il entendit ses amis crier au secours. Timon tentait de défendre Pumbaa contre une jeune lionne affamée. Simba s'élança…

Il s'ensuivit un sérieux combat, jusqu'à ce que la lionne eût cloué Simba au sol. Puis, les deux adversaires se regardèrent attentivement.

« Nala ? C'est moi… Simba ! dit le jeune lion.

— Simba ! Tu es vivant ! Nous te croyions mort », s'exclama Nala.

Simba et Nala partirent ensemble dans la jungle. Nala lui expliqua que Scar et les hyènes avaient détruit la Terre des lions. Elle lui demanda de revenir les sauver. Simba refusa. Se croyant responsable de la mort de son père, il ne pouvait y retourner.

Cette nuit-là, Simba contempla le ciel parsemé d'étoiles. Subitement, la silhouette d'un vieux babouin apparut. Il emmena Simba jusqu'à la rive d'un étang aux eaux claires et calmes.

« Dites-moi ce que vous voyez dans l'eau », lui demanda-t-il.

Simba entendit ensuite une voix familière l'appeler par son nom. Il leva les yeux et vit l'image de Mufasa dans le firmament.

« Tu es plus que ce que tu es devenu. Tu dois prendre ta place dans le grand cycle de la vie. Rappelle-toi qui tu es… Tu es mon fils et le seul vrai roi », dit Mufasa.

Simba se décida à regagner la Terre des lions. À mesure qu'il pénétrait dans son royaume, il ne voyait partout que ruines et désolation. Il ne restait plus rien des grands troupeaux. Les herbages étaient morts.

Tandis que Scar grognait après Sarabi, un grand lion lui apparut dans un halo de lumière.

« Il est temps de me rendre le trône, Scar », dit Simba.

Scar ricana. Il fit un geste vers les hyènes qui ne tardèrent pas à entourer Simba.

Scar et les hyènes acculèrent Simba jusqu'au bout de la falaise.

« Cette scène me rappelle quelque chose. Mais quoi ? Ah oui, tu as le même air que ton père juste avant que je le tue ! » ricana Scar en regardant Simba.

Simba connaissait enfin la vérité. Il escalada la falaise. Cette fois, c'est lui qui tenait Scar prisonnier au bord du rocher.

Scar commençait à lâcher prise. Il se retourna et se rua sur Simba, mais celui-ci s'écarta et Scar fit une chute vertigineuse. Simba poussa un rugissement de triomphe.

Après quelque temps, les animaux se rassemblèrent encore une fois pour célébrer une nouvelle naissance royale. Simba et Nala regardèrent fièrement Rafiki qui tenait leur lionceau à bout de bras, au sommet du Rocher des lions.